FRANC-NOHAIN

LE BONHOMME JADIS

OPÉRA-COMIQUE EN UN ACTE

D'APRÈS

HENRI MÜRGER

MUSIQUE DE

E. JAQUES-DALCROZE

PRIX NET : UN FRANC

PARIS

AU MÉNESTREL, 2bis, RUE VIVIENNE, HEUGEL et Cie

ÉDITEURS-PROPRIÉTAIRES POUR TOUS PAYS

Reproduction, de traduction et de représentation réservés en tous pays
compris le Danemark, la Suède et la Norvège.

1906

LE BONHOMME JADIS

OPÉRA-COMIQUE EN UN ACTE

D'après HENRI MÜRGER

POÈME DE

FRANC-NOHAIN

MUSIQUE DE

E. JAQUES-DALCROZE

Partition piano et chant . . . . Prix net : 10 francs.

S'adresser également à MM. HEUGEL et Cⁱᵉ pour la partition et les parties d'orchestre, les parties de chœurs, la mise en scène, les dessins des costumes et du décor.

CHEZ LES MÊMES ÉDITEURS :

Les opéras, oratorios, etc.: *Aben-Hamet, Alceste, l'Ami Fritz, l'Amour africain, l'Amour aux Enfers, André Chénier, Ariane, le Baiser de Suzon, le Bal masqué, le Baptême de Clovis, le Barbier de Séville, Beaucoup de bruit pour rien, Biblis, le Bonhomme Jadis, Brocéliande, le Caïd, la Carmélite, Cavalleria rusticana, Cendrillon, la Chapelle, Chérubin, le Cid, la Clé d'Or, Daphnis, le Démon, le Désert, le Déserteur, les Deux Billets, les Deux Journées, Dona Branca, Don César de Bazan, Don Juan, Eros, Esclarmonde, Ève, la Fête d'Alexandre, la Fiancée de Corinthe, la Fiancée de la Mer, Fidelio, le Flibustier, la Flûte enchantée, Françoise de Rimini, Grisélidis, la Guzla de l'Émir, Hamlet, Hérodiade, l'Hôte, Hylas, l'Ile du Rêve, Jean de Nivelle, Jean de Paris, Jérusalem, le Jongleur de Notre-Dame, Joseph, Judas Macchabée, Kassya, Lakmé, Lauriane, Léonora, Lola, Louise, le Mage, Maître Ambros, Manon, Marie-Magdeleine, Ma Tante Aurore, le Messie, Mignon, Narcisse, la Navarraise, Néron, Noël ou le Mystère de la Nativité, Notre-Dame de la Mer, l'Oie du Caire, Othello, Orphée, le Panier fleuri, le Passant, Paul et Virginie, les Pêcheurs de Saint-Jean, la Perle du Brésil, Pierrot Fantôme, le Portrait de Manon, Princesse d'Auberge, Psyché, Rébecca, Rédemption, Richard Cœur de Lion, le Roi de Lahore, le Roi d'Ys, le Roi l'a dit, Ruth, le Sabbat pour rire, Sainte Agnès, Sainte Geneviève de Paris, le Saïs, les Saisons, Sapho, Sémiramis, les Sept paroles du Christ, Sigurd, le Songe d'une Nuit d'été, Suzanne, le Tasse, la Terre promise, Thaïs, Thérèse, Thyl Uylenspiegel, le Trésor, la Vierge, Werther, Xavière, etc., etc.*

Les ballets et pantomimes : *Bacchus, le Carillon, Cigale, Coppélia, le Cygne, la Danseuse de corde, Doctoresse, l'École des vierges, la Farandole, Faust, Fleur des Neiges, la Korrigane, Lysic, Milenka, les Petits Violons du Roy, Pierrot assassin, Pierrot surpris, le Rêve, la Révérence, Riquet, la Source, la Statue du Commandeur, Sylvia, la Tempête, la Vigne, Viviane, Yedda, etc., etc.*

Les opérettes : *Adam et Ève, Apothicaire et Perruquier, un Baiser en diligence, Barbe-Bleue, la Belle Hélène, la Bonne d'enfants, le Bossu, Changement de garnison, la Chanson de Fortunio, les Charbonniers, le Château à Toto, la Chatte métamorphosée en femme, la Chauve-Souris, M. Choufleuri, Correspondance, Croquefer, Croquignole XXXVI, la Demoiselle de Belleville, la Demoiselle en loterie, les Demoiselles des Saint-Cyriens, le Docteur Rose, les Douze Femmes de Japhet, Dragonette, les Fêtards, la Femme de César, le Fétiche, le Fiancé de Thylda, le Fifre enchanté, le Financier et le Savetier, Geneviève de Brabant, Jeanne qui pleure et Jean qui rit, Mam'zelle Gavroche, Mam'zelle Nitouche, le Mariage aux lanternes, un Mari à la porte, le Mari sans le savoir, un Modèle, Monsieur et Madame Denis, Ninetta, l'Omelette à la Follembuche, Orphée aux Enfers, le Papa de Francine, la Permission de dix heures, le Petit Faust, les Petites Barnett, les Petits Prodiges, le Pont des Soupirs, la Princesse, la Quenouille de verre, la Reine Indigo, le Retour d'Ulysse, Samsonnet, Shakspeare, un Soir d'orage, le 66, Six demoiselles à marier, le Sosie, les Trois baisers du Diable, les Turcs, la Tzigane, le Valet de chambre de Madame, la Veilleuse, la Vocation de Marius, le Voyage de MM. Dunanan père et fils, etc., etc.*

IMPRIMERIE CHAIX, RUE BERGÈRE, 20, PARIS. — 15006-10-06. — (Encre Lorilleux).

FRANC-NOHAIN

LE BONHOMME JADIS

OPÉRA-COMIQUE EN UN ACTE

D'APRÈS

HENRI MÜRGER

MUSIQUE DE

E. JAQUES-DALCROZE

PRIX NET : UN FRANC

PARIS

AU MÉNESTREL, 2 bis, RUE VIVIENNE, HEUGEL ET Cⁱᵉ

ÉDITEURS-PROPRIÉTAIRES POUR TOUS PAYS

Tous droits de reproduction, de traduction et de représentation
réservés pour tous pays
y compris la Suède, la Norvège et le Danemark.

1906

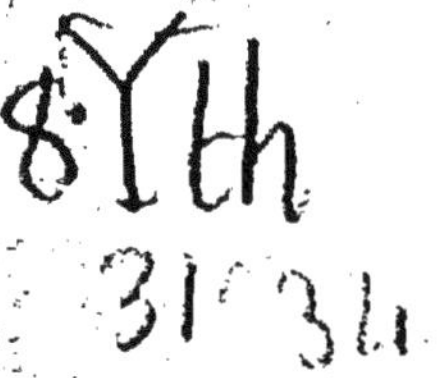

LE BONHOMME JADIS

OPÉRA-COMIQUE

Représenté pour la première fois à Paris,

sur le Théatre National de l'Opéra-Comique

le   octobre 1906

sous la direction de M. Albert Carré.

PERSONNAGES

LE BONHOMME JADIS. . . . . . . MM. Lucien Fugère

OCTAVE . . . .   Francell

JACQUELINE . . . . Mlle Mathieu-Lutz

La scène se passe à Paris, chez le Bonhomme Jadis

vers 1840.

Pour tout ce qui concerne la représentation et la location de la partition et des parties d'orchestre, de la mise en scène, des dessins des costumes et du décor, s'adresser exclusivement à MM. Heugel et Cie, au *Ménestrel*, **2** *bis*, rue Vivienne, seuls éditeurs-propriétaires pour tous pays.

Les représentations au piano sont formellement interdites.

LE BONHOMME JADIS

Chez le bonhomme Jadis. Large fenêtre laissant voir, en face, une autre fenêtre, derrière laquelle un jeune homme est assis et travaille, très absorbé. Près de la fenêtre, une armoire-buffet. Porte d'entrée, donnant sur l'escalier. A côté, un secrétaire, surmonté d'un miroir et d'un portrait de femme. Cheminée, surmontée d'une glace, et petite porte donnant sur la chambre voisine.

SCÈNE PREMIÈRE

JADIS, JACQUELINE.

En scène, le bonhomme Jadis époussète ses meubles, s'arrêtant de temps à autre pour écouter la musique de la guinguette proche.

JADIS.

Lon laire, lon lai-re, lon-la
Tra-la la, tra la la la la.

JACQUELINE, dans l'escalier, à la cantonade.

Quand on est un,
Va-t-au jardin ;
Quand on est trois,
S'en va-t-au bois.
Mais c'est au pré, quand on est deux,
Qu'on va cueillir la marguerite.

LE BONHOMME JADIS.

Bonjour, petite.

Bonjour, monsieur.

Tra-la la, tra la la, la la.

S'en va-t-au pré, quand on est deux.

A la fois cigale et abeille,
Toujours travaillant et chantant,
Ah! la brave petite enfant.

Ma Jacqueline était pareille...

Mais je n'ai plus de Jacqueline.
Dans une heure, mes soixante ans
Vont sonner et ça me chagrine
D'être seul en un tel instant.

Lon lai-re, lon lai-re,
Une voix fraîche de fillette,
Ici près un bal de guinguette,
Que pouvais-tu rêver de mieux
Pour t'égayer, mon pauvre vieux!

Ah! si l'étudiant d'en face
Était là comme l'an passé,
Qui faisait

Son droit (rou tou tou rou tou rou tou),
Avec un cor de chasse...
— Tou rou tou tou rou tou tou rou tou
Hélas! celui qui le remplace
Ne lui ressemble qu'à moitié :
Toujours le nez dans ses papiers,
Il ne joue pas (ta ra ta ta) du cor de chasse!...
Ta ra ta ta, ta ra ta ta ta ta ta
Ta ra ta ta, ta ra ta ta ta ta ta. .

Interpellant Octave qui n'a toujours pas levé la tête.

Eh quoi, jeune homme, jeune homme studieux,
Vous ne craignez donc pas de fatiguer vos yeux?
Voisin, voisin! Ah!
Auriez-vous l'obligeance extrême,
Sans vous déranger, s'il vous plaît,
De venir ici me parler?

OCTAVE, *il roule ses papiers et disparaît.*

Je viens!...

SCÈNE II

JADIS, puis OCTAVE.

JADIS.

Ce jeune homme est un problème;
L'aime-t-on pas? Est-ce qu'il aime?
Parbleu, j'en aurai le cœur net
Et vais d'abord l'inviter à dîner.

OCTAVE, *entre, un rouleau de papiers sous le bras.*

Bonjour, monsieur.

JADIS.

Bonjour, monsieur

Octave pose ses papiers sur le secrétaire.

Ainsi le dimanche
En travaillant près des violons,
Pas vrai? les mollets vous démangent

OCTAVE.

Non, je ne danse pas, monsieur.

JADIS.

Prodigieux!
Pas danser? Que venez-vous dire?
Moi, je savais danser avant de savoir lire

OCTAVE.

Moi, je ne danse pas, monsieur.

JADIS.

Prodigieux! Prodigieux!

Il tire sa tabatière, puis la tend à Octave.

En usez-vous? Mais je m'égare,
Vous, jeunes gens, c'est le cigare.

OCTAVE.

Non, je ne fume pas, monsieur.

JADIS.

Prodigieux! Prodigieux!
Mais non, c'est par délicatesse,
J'y songe et vous ne fumez pas,
Parce que l'odeur du tabac
Incommode votre maîtresse!...

OCTAVE.

Oh! non! Je n'en ai pas, monsieur!

JADIS.

Prodigieux! Prodigieux!
Et vous avez vingt ans?

OCTAVE.

Vingt ans, pas davantage.

JADIS.

Non, non, ce n'est pas là votre âge.
Vingt ans, c'est l'âge d'être fou,
L'âge de se donner au diable
Et les gens, sages comme vous
A vingt ans, sont déraisonnables.
Vingt ans, c'est l'âge d'être fou;
Vingt ans, sans amour et sans danse,
C'est vouloir, enfant, que la Providence
Ait fait une année sans printemps.
Non, non, vous n'avez pas vingt ans!

OCTAVE.

Vingt ans; je les ai même aujourd'hui.

JADIS.

Aujourd'hui!
Mais moi, j'aurai vingt ans aussi,
J'aurai vingt ans à la même heure :
C'est vous qui aurez soixante ans,
Soixante ans!
Car, de nous deux, c'est vous dont les cheveux sont blancs,
Moralement...
Et vos vingt ans ne sont qu'un leurre!

Avec moi, déjeunez, voisin,
Pour fêter notre anniversaire.
A deux, on fait meilleure chère,
Meilleur, à deux, paraît le vin!

OCTAVE, à part.

J'ai envie de me laisser faire,
Il m'amuse, le vieux voisin.

A Jadis.

Soit, chez mon patron le notaire,

Il prend ses papiers qu'il remet sous son bras.

Je porte ceci et reviens!

Une lettre tombe à terre sans qu'il s'en aperçoive.

JADIS.

Revenez-moi vite et, j'espère,
Vous serez content du festin!
Nous serons joyeux, j'ai de grands verres
Et dans mes verres de bon vin!

Octave sort.

SCÈNE III

JADIS, seul, LA VOIX DE JACQUELINE.

JADIS.

Lon lai re, lon lai re
La la la, la la la,
Tou, rou, tou, tou!...
Vraiment, ce jeune homme m'intrigue,
Avoir vingt ans et pas d'intrigue...
Prodigieux! Prodigieux!

Avisant le papier tombé.

Hein? qu'est ceci?

Il le ramasse.

Voyons un peu.

Lisant.

« Mademoiselle Jacqueline. »
Jacqueline! Qui donc s'appelle Jacqueline?
Je ne puis entendre ni voir ce nom,
     Sans un émoi, sans un frisson...
C'est une lettre, ou, plutôt, un projet,
Car je n'y vois adresse ni cachet.

Lisant.

« Mademoiselle Jacqueline,
» Je n'ose plus regarder la fenêtre
» Où je vous vis pour la première fois;
» Pour échapper au trouble de mon être
» Je n'ose plus regarder la fenêtre...
» Je suis perdu si je vous aperçois.

» Les volets clos et la paupière close.
» Mais votre image est là, dedans mon cœur.
     » Est-ce l'amour? Est-ce autre chose?
» Les volets clos et la paupière close,
» Est-ce l'amour? je ne sais, j'en ai peur!

» Je vais encor déchirer cette lettre!
» Ah! si, du moins, le bouquet que voilà,
» A son corsage elle daignait le mettre,
» L'humble bouquet, qu'à vos carreaux je jette,
» Timidement, quand vous n'êtes pas là! »

Regardant la porte par laquelle vient de sortir Octave et mettant la lettre
dans sa poche.

Oh! le cachottier
Avec sa mine pateline!
Hé! hé!
Le voisin aime sa voisine.
Mais qui est cette Jacqueline?

LA VOIX DE JACQUELINE.

Tra la la, tra la la la la.
Tra la la, tra la la la la.

JADIS.

Je parierais que ma voisine
Est cette Jacqueline-là!...

Il ouvre la porte.

Hé la, hé la, petite, la petite, hé là!

Il arrête Jacqueline au moment où elle passait sur le palier.

SCÈNE IV

JADIS, JACQUELINE.

JACQUELINE.

Monsieur Jadis, votre servante.

JADIS.

Tiens, vous savez que l'on m'appelle ainsi;
Qui vous a rendue si savante?

JACQUELINE.

Je l'aurais deviné, quand on ne me l'eût dit!

JADIS.

Oui, c'est ainsi qu'on me nomme,
Je suis le bonhomme
Jadis :
Un cœur jeune et de vieux habits,
Mais chacun vous dira qu'en somme,
Ce n'est pas un méchant homme
Que le bonhomme
Jadis.
J'ai passé, et ça me chiffonne,
L'âge où l'on peut croquer la pomme
D'amour :
Que ce beau temps m'a paru court !
Que ne puis-je, Dieu me pardonne,
Troquer au nom que l'on me donne
Le joli nom de bonhomme
Toujours !

Jadis a fait entrer Jacqueline et va refermer la porte restée ouverte.

Et vous, aussi, ma jolie,
Je sais votre nom d'à présent,
Mais vous en changerez...

JACQUELINE.

Quelle est cette folie ?

JADIS.

On n'est qu'une fois dans la vie,
« Mademoiselle Quinze-Ans »,
Quinze ans, ma mie !

JACQUELINE.

Monsieur Jadis est bien honnête.
Mais non, mais non,
Ce n'est pas là mon nom ;
Mon nom est Jacqueline.

JADIS, regardant le portrait.

Jacqueline...
Oh ! Jacqueline ! Jacqueline !
Qui vaut la musique câline
De ce nom si doux : Jacqueline ?
Ce nom où refleurit mon bonheur d'autrefois,
Ce nom où ma jeunesse a mis toutes ses fêtes,
Jacqueline, je suis content de te connaître !
Conte-moi ton histoire, dis !

JACQUELINE.

Ce n'est pas long, monsieur Jadis :
J'avais douze ans, ma mère est morte,
Papa buvait, j'ai pris la porte...
Depuis, je vis comme je peux,
Aujourd'hui, comme à l'ordinaire,
Travaillant beaucoup, gagnant peu,
Sans penser au mal, sans en faire.
Maintenant je vous ai tout dit ;
Bien le bonsoir, monsieur Jadis !

JADIS, la ramenant par la main.

Jacqueline ! Où partir si vite ?
Tu n'as pas dîné, je t'invite.

JACQUELINE

Dîner avec vous ? Ah ! mais non !

JADIS.

Et pourquoi ça ? Que crains-tu donc ?

JACQUELINE.

L'on jaserait dans la maison.

JADIS.

Il est des choses qu'on me cache,
Ton vrai motif a des moustaches.

JACQUELINE.

Ah ! joliment ! Je n'ai pas d'amoureux.

JADIS.

Pas d'amoureux
Avec ces yeux,
Avec des yeux comme ceux-là,
Ta ra ta ta, ta ra ta ta !
Allons, Jacqueline, sois franche...
Tu t'en vas au bal, c'est dimanche !

JACQUELINE.

Joliment !
Joliment ! Je ne sais pas danser.

JADIS.

Quoi ! pas danser !
Avec ces pieds,
Avec ces deux petits pieds là,
Ta ra ta ta ! Ta ra ta ta !
D'impatience, ils se trémoussent...

JACQUELINE.

Si je restais pour vous faire enrager !
Mais...

JADIS.

Mais ?

JACQUELINE.

Mais une fête
En tête-à-tête!...
Monsieur, la maison est honnête,
Il me faudrait déménager.

JADIS.

Entendez la petite peste;
Mais ce n'est pas un tête à tête,
J'ai un autre convive.

JACQUELINE.

Une femme?

JADIS.

Un monsieur,

Indiquant la fenêtre d'Octave.

Qui travaille à cette fenêtre!

JACQUELINE.

Le jeune homme d'en face?

JADIS.

Tu le connais un peu?
Tu l'as vu? souvent?...

JACQUELINE, à part,

Lui?

Haut,

Jamais,
Jamais, jamais

JADIS.

Ouais, ouais!
Eh bien! tu le verras, car il en vaut la peine!
Tu n'as plus, ta crainte était vaine,
De tête-à-tête à redouter.

JACQUELINE.

Pour ne pas... pour ne pas vous causer de peine,
J'accepte pour vous contenter.

JADIS.

Alors c'est dit ?

JACQUELINE.

Alors c'est dit!

JADIS.

Et maintenant il faut, petite,
Que je te quitte
Pour le rôti.
Reste ici, le miroir te tiendra compagnie.
Pour moi, je vais tenir compagnie au rôti !

Il passe dans la pièce voisine. Restée seule, Jacqueline semble hésiter ; ses regards se dirigent vers la fenêtre d'Octave, puis elle revient à la glace de la cheminée où elle se mire avec complaisance.

JACQUELINE.

C'est agréable, un grand miroir où l'on se voit,
Où l'on se voit deux fois, trois fois,
De la tête aux pieds, tout entière ;
Mais cette robe ne va guère,
La semaine dernière elle allait mieux, je crois ;
Et puis mon col qui n'est pas droit!...

En ajustant son col, elle fait tomber un bouquet de violettes qu'elle ramasse vivement.

Chères petites violettes,

Chères petites !...
Quand ce jeune homme sera là
Je lui dirai de façon nette
Qu'il ne faudra plus qu'il m'en jette.
Si la concierge savait ça !...

Chères petites violettes,
Tantôt, il n'y en avait pas.
J'ai laissé ma fenêtre ouverte,
Ce soir, j'en trouverai peut-être...
Près d'elles, comme mon cœur bat !...

On frappe à la porte.

On frappe !... C'est lui... où les mettre ?
S'il voyait là ses violettes !...
Retournez dans votre cachette,
Chères petites violettes !

Elle renferme les violettes dans son corsage.

JADIS, en dehors.

Eh ! Jacqueline ! Il faut ouvrir.

JACQUELINE, à part.

C'est lui, on frappe... il va venir.

JADIS, même jeu.

On frappe, ouvre donc, si je bouge,
Notre gigot sera brûlé.

JACQUELINE, même jeu.

C'est lui, s'il allait me parler !
Je me sens déjà toute rouge !

JADIS passe sur le théâtre, va ouvrir la porte et fait entrer Octave.

Notre gigot sera brûlé !
Mais c'est cette petite sotte
Qui n'osait vous ouvrir la porte !

SCÈNE V

Les Mêmes, OCTAVE.

OCTAVE, à part, apercevant Jacqueline.

Elle ici !

JADIS.

Voisin, permettez,
Permettez-moi de vous la présenter
Mademoiselle Jacqueline !

OCTAVE, à part.

Mademoiselle Jacqueline !
Elle ! Connaître ce vieux fou !
Que fait la brebis chez le loup ?
Que fait la brebis chez le loup ?

JACQUELINE, à part.

On dirait que ça le chagrine,
Lui dont le regard est si doux,
Comme il me regarde en dessous !...

JADIS, à part.

Déjà, de la trouver chez nous,
Il est terriblement jaloux.
Ah ! ah ! Ça va bien ! Ça va bien !
Il est jaloux ! il est jaloux !
Il est terriblement jaloux !

Haut.

Quant à ce jeune homme au front grave,

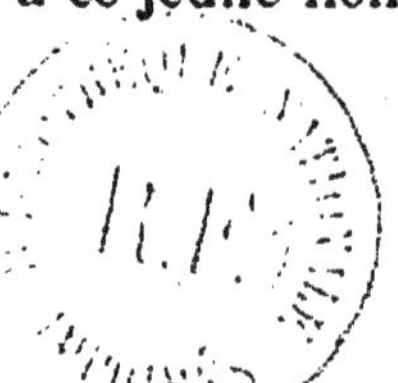

2.

Qui nous fait cet honneur de diner avec nous,

A Octave.

A propos, mon voisin, comment vous nommez-vous ?

OCTAVE.

Octave !

JADIS, le présentant.

Monsieur Octave !

JACQUELINE, à part, après une révérence.

Octave !

JADIS.

Et maintenant, chacun se sert !
Je vais faire un brin de toilette,

A Jacqueline.

Toi, cependant, mets le couvert.

JACQUELINE, troublée.

Moi, monsieur Jadis, que je mette ?...

JADIS.

Mets le couvert, Octave est là !...
Monsieur Octave t'aidera !

A part.

Laissons l'ennemi en présence.
Ça va bien ! ah ! ah ! Ça va bien !
Il est jaloux, il est jaloux, il est jaloux !
Il est terriblement jaloux.

JACQUÉLINE, à part.

Demeurer seule en sa présence...
Lui dont le regard est si doux,
Comme il me regarde en dessous !

OCTAVE, à part.

Oh ! les fâcheuses apparences !
Que fait la brebis chez le loup ?
Que fait la brebis chez le loup ?.

JACQUELINE, à part.

En dessous !...

OCTAVE, même jeu.

Chez le loup....

JADIS, même jeu.

Jaloux !...

Jadis disparaît laissant Jacqueline et Octave aux deux extrémités de la scène
et très embarrassés.

JACQUELINE.

Ce jeune homme doit décider
Ma présence ici singulière.
Je ne sais que dire et que faire,
Je n'ose pas le regarder.
C'est dommage,
Car son visage
Est agréable, en vérité.

Elle se détourne devant la glace de la cheminée où elle aperçoit Octave.

OCTAVE.

Ce vieillard a, de la traiter,
Une façon bien singulière,
Aïe, aïe, aïe, aïe, bien familière !...
Sa présence n'est que trop claire
Je ne veux plus la regarder,
Je ne veux plus la regarder !
C'est dommage,
Car son visage
Est agréable, en vérité.

JACQUELINE.

Je n'ose, quel dommage,
Je n'ose pas le regarder.

OCTAVE.

C'est dommage! Je ne veux plus la regarder,
Ah! c'est dommage! bien dommage!
Car son visage
Est agréable à regarder.

JACQUELINE, elle se détourne en même temps qu'Octave et ils se trouvent
face à face.

Grand Dieu, il me voit dans la glace!

OCTAVE.

Ah! tant pis, il faut que je sache!
A Jacqueline.
Mademoiselle, s'il vous plaît?

JACQUELINE.

Que devenir? Il va parler
De ses bouquets de violettes!...

OCTAVE.

Je tiens à excuser ma venue indiscrète,
Elle vous prive d'un tête-à-tête...

JACQUELINE, à part.

Mais que dit-il, il perd la tête...

OCTAVE.

Elle vous prive d'un tête-à-tête...

JACQUELINE.

Il perd la tête!

OCTAVE.

Un tête-à-tête avec votre conquête...

JACQUELINE, à part.

Ah! que dit-il, il perd la tête !
        Ah! c'est trop bête,
        C'est insensé!

A Octave.

    Quoi, vous osez me supposer
    A ce point perfide et coquette !
    Un tête-à-tête, un rendez-vous
    Avec monsieur Jadis, c'est fou!
    Je ne le connais pas du tout,
    Votre monsieur Jadis, du tout!
    Du tout, du tout, du tout, du tout.
    C'est parce que c'était sa fête
    Qu'il a tenu à m'inviter...

OCTAVE.

    Pourtant vous avez accepté,
    Sans redouter un tête-à-tête!
Un tête-à-tête avec votre conquête!...

JACQUELINE, à part.

Ah! que dit-il, il perd la tête !
        Ah! c'est trop bête,
        C'est insensé!

A Octave.

    Quoi! vous osez me supposer
    A ce point perfide et coquette.
    D'abord d'assister au repas,
    Moi, je ne me souciais pas;
    L'on m'a dit que vous seriez là
    Et c'est ce qui me décida!...

OCTAVE.

Ah!
Il serait vrai? Mais non! mais non, je rêve!...
Vous saviez que je serais là?

JACQUELINE, confuse.

Que m'avez-vous fait dire là?

OCTAVE.

Ah! Jacqueline, que vos lèvres
Me répètent encor cela!
Vous saviez que je serais là!

JACQUELINE.

Que m'avez-vous fait dire là?

Apercevant monsieur Jadis qui vient d'ouvrir la porte, bas à Octave.

Mais silence, on nous observe,
Monsieur Jadis vient écouter.

OCTAVE, bas à Jacqueline.

De la réserve!
On nous observe!

JACQUELINE.

On nous écoute, peu importe,
N'ayons pas l'air intimidés.

JADIS, derrière la porte entr'ouverte.

Caché derrière cette porte,
Surveillons les hostilités.

OCTAVE.

N'ayons pas l'air intimidés...

Avec embarras.

Que la journée a été chaude!

JACQUELINE, même jeu.

Oh ! oui !
Mais il pleuvra demain, je crois...

OCTAVE.

Ça fera du bien aux récoltes.

JACQUELINE.

Oh ! oui ! Surtout aux petits pois...

OCTAVE.

Oh ! oui ! Surtout aux petits pois...

JACQUELINE.

Assurément, les petits pois...

OCTAVE.

Assurément, les petits pois...

JADIS.

Je bous derrière cette porte
Eh ! quoi !
Ce maître sot et cette sotte
N'en sont encor qu'aux petits pois !...
Allons décidément il faut que je m'en mêle.

Il entre brusquement, il a quitté sa robe de chambre et apparaît vêtu à la mode du
Directoire : grand habit à larges boutons, culotte de nankin, gilet de basin. Il porte,
avec beaucoup de majesté, une soupière qu'il pose, en entrant, sur le buffet.

JACQUELINE, stupéfaite.

Monsieur Jadis !

OCTAVE, de même.

Monsieur Jadis !

JADIS.

Je vous étonne, mes amis.
Eh! bien, oui, vous pouvez regarder mon habit :
Il n'est pas de coupe nouvelle;
Mais quand j'avais vingt ans,
Dans tout l'éclat de mon printemps,
Il séduisait les belles.
Je ne le mets maintenant
Qu'au jour de ma naissance,
Et je sens, en le mettant,
Revivre l'âme de ma jeunesse
Et de mon printemps!

Regardant la table.

Comment? Le couvert n'est pas mis?
Quand voici la soupière prête!
C'est vrai, je ne t'avais pas dit :

Allant au buffet, il commence à retirer la nappe, les couverts et les plats.

Tout est dans cette armoire-ci.
Allons! allons! allons !
Et que chacun s'y mette,
Mettez la nappe et, toi, les verres.

Ils dressent la table; à Octave.

Et maintenant, placez-vous dans le bout,
Moi, ici, près de Jacqueline.

Ils s'installent à table.

Tout près !
Car je ne suis pas comme vous,
Et je trouve fort à mon goût
Une jeune et jolie voisine.

A Jacqueline.

Conçois-tu cela, Jacqueline,
Les jolies filles lui font peur.

OCTAVE.

Mademoiselle Jacqueline!...

A part.

Ah ! ce vieillard est sans pudeur !

JACQUELINE, à part.

Quand monsieur Jadis le taquine,
Cela me donne un coup au cœur.

JADIS.

D'abord, enfants, il faut boire ;

Débouchant une bouteille et remplissant les verres.

Prenons le verre en mains !
De nos amours, de nos déboires,
Le vin est confident ;
Et, quand il passe dans mes veines,
J'y sens brûler le feu de mes vingt ans !
Allons, enfants, il faut boire !
Boire est le rite obligatoire !
Buvons, enfants,
A nos vingt ans !

Après avoir bu, à Octave.

Mais, morbleu ! Vous ne buvez guère !
Et vous laissez là votre verre ;
Seriez-vous malade, voisin ?

OCTAVE, sortant de sa rêverie.

Très bien, très bien, monsieur Jadis, très bien.

JADIS, l'imitant.

Très bien, très bien, très bien.

Tout en mangeant, à Jacqueline.

Et toi ; trouves-tu donc, mignonne,
Que cette soupe n'est pas bonne !
Tu ne manges rien, tu ne bois rien...

JACQUELINE, tressaillant.

Très bien, très bien, monsieur Jadis, très bien!

Elle se met à manger précipitamment.

JADIS, l'imitant.

Très bien, très bien...
Mais pourquoi à présent mettre les bouchées doubles?

Il verse à boire à Octave qui se trompe de verre.

Hé! jeune homme, dans votre trouble.
C'est mon verre et j'y bois aussi...

OCTAVE.

Pardon, je croyais avoir pris
Le verre de mademoiselle!

JADIS.

Ah! ah!
Il croyait que c'était le tien!
Ah! ah!
Par ma foi votre excuse est bonne!

Il va vers la fenêtre et l'ouvre.

JACQUELINE, à part.

Il croyait que c'était le mien,
Comme il rougit, pauvre jeune homme!

OCTAVE.

Je croyais que c'était le sien!
Je n'ai rien fait de mal, en somme!

JADIS.

Silence!

La musique de la guinguette a repris comme au début.

Écoutez donc les violons qui recommencent!
Mais quelle est cette contredanse?

Tra la la, la la la la...
Le bon musicien que voilà!
Tra la la, tra la la la la.
Ah! joyeux air d'autrefois
Qui vous met des fourmis dans les jambes!
Et j'ai bien envie, par ma foi,
D'aller danser comme autrefois!...
Que vous en semble?
Tra la la, la la la la.
Le bon musicien que voilà!

JACQUELINE.

Monsieur Jadis!

OCTAVE.

Monsieur Jadis

JACQUELINE.

A votre âge!...

OCTAVE.

Avec cet habit!

JADIS, insistant.

Avec cet habit, que je n'ose
Aller au bal? Mais je me pique
D'avoir osé bien d'autres choses,
Sur une pareille musique!
Tra la la, la la la la la la la,
Sur cet air là, j'ai fait la guerre.
J'étais un tout jeune soldat;
Tra la la, la la la la la la la,
Sur cet air là, sur cet air là,
La la la, la la la
L'amour me plaisait, me plaisait mieux à faire!...
Tra la la la la.

Lorsque devant les Autrichiens
Là bas, là bas, dans les plaines lombardes,
Je fus avec les camarades,
Jacqueline me manquait bien.

Je n'étais pas à l'aise
Et je regrettais, c'est certain,
Et Jacqueline, et mon jardin,
Et le violon du gros Blaise.

Mais soudain,
Quel est ce refrain,
Que jouent les tambours et les fifres?
C'est l'air du pays bourguignon !
Est-ce Blaise et son violon?
Est-ce que Jacqueline arrive?
Morbleu, tu peux tonner canon,
C'est en vain que les balles sifflent!
Tra la la, la la la la la la la,
Le bon musicien que voilà!

Un grand diable est là qui se dresse,
Tra la la, la la la la la la la,
Et qui fait flotter un drapeau !
Tra la la, la la la la la la la.
Eh! morbleu, le joli manteau
Ce drapeau là, pour ma maîtresse
Tra la la, la la la la la la la!

J'aurai ta peau,
Tra la la la,
Et ton drapeau !

Je m'élance en avant, brandissant mon sabre,
Et je coupe en deux le grand diable :
Tra la la la la, je prends le drapeau,
Jacqueline aura son manteau !

Il embrasse Jacqueline.

OCTAVE, jaloux

Monsieur Jadis, que faites-vous?
Embrasser une jeune fille!

JADIS.

Jeune homme, tenez-vous tranquille,
Par hasard, seriez-vous jaloux?

OCTAVE.

Mais pourquoi serais-je jaloux?

JADIS.

Vous, jaloux? Ce serait bizarre,
Car vous n'êtes pas amoureux?
A part.
Il faudra bien qu'il se déclare
Et j'arracherai ses aveux.

JACQUELINE, à part.

Ce que sa bouche ne déclare,
J'ai bien cru le voir en ses yeux.

OCTAVE, à part.

Vraiment ce vieillard est barbare,
Il se livre à de cruels jeux,
Ses badinages sont odieux.
Vraiment, ce vieillard est barbare!

JADIS, haut.

Buvons! Mais la bouteille est vide, vide, vide!
Jeune homme alerte et vif, jeune homme intrépide,
Allez! allez!
Voici les clefs!

Il tire de sa poche un trousseau de clefs.

Rendez-nous ce service, Octave.

Indiquant la porte de la cuisine.

Vous verrez tout au fond, à gauche, un placard, c'est la cave.
Allez! allez!
Voici les clefs!

OCTAVE, à part.

Ce vieillard voudrait, j'imagine,
Être seul avec Jacqueline.

JACQUELINE, à Jadis qui la lutine.

Finissez!

JADIS.

Jacqueline!

Il lui embrasse les mains.

JACQUELINE.

Finissez!

OCTAVE.

Mais je veille, et je déjouerai
Son noir projet !

Il a pris les clefs et se lève comme pour obéir à Jadis.

JADIS.

Rendez-nous ce service, Octave.
Vous verrez tout au fond, à gauche, un placard, c'est la cave.

OCTAVE, laisse tomber les clefs.

C'est étrange,
Je sens mes jambes
Se dérober tout à coup et qui tremblent...
Je ne puis plus me tenir debout.

Il retombe sur sa chaise où il feint de s'endormir.

JADIS.

Vois-tu, Jacqueline, il est gris!
Ha! Ha! Ha! Ha! Ha! Ha!

JACQUELINE.

Vous l'avez fait trop boire aussi!
Avec des rasades pareilles!

JADIS.

Il est gris, il est gris, il est gris!
Ho! Ha!

OCTAVE, à part.

C'est moi, ma ruse a réussi,
Qui vais rester seul avec elle.

JADIS, il ramasse les clefs et se lève.

Je vais chercher moi-même d'autres bouteilles.

JACQUELINE, à Jadis.

Cette bouteille aurait suffi.

JADIS, à part.

Il me surveille, restons aussi.

OCTAVE.

C'est à merveille, j'ai réussi.

JADIS, même jeu que tout à l'heure Octave.

C'est étrange,
Je sens mes jambes
Se dérober tout à coup et qui tremblent...
Je ne puis plus me tenir debout.
Octave fait un mouvement, Jadis lève la tête.

OCTAVE, à part, il continue à faire semblant de dormir.

Lui non plus n'est pas gris du tout!

JADIS, bas à Jacqueline.

Eh! Jacqueline, ma mignonne,
Nous ne sommes plus que nous deux,
Puisque le voisin fait un somme.

JACQUELINE, se levant.

Hé là, fi donc, fi,
Monsieur Jadis,
Fi! Fi! Fi!
A vôtre âge!

JADIS.

A mon âge, mais j'ai vingt ans,
C'est lui qui est vieux comme Hérode;
Mais moi, veux-tu que je te croque, croque, croque,
Pour te montrer que j'ai des dents?
Des dents! des dents!
Jacqueline! Jacqueline! j'ai vingt ans!

JACQUELINE, se dirigeant vers la porte.

Monsieur, vous voulez que je sorte?

JADIS, la rattrapant.

Pas si vite!
Il lui tend la lettre d'Octave.
Et lis d'abord
La lettre que je t'ai écrite.

OCTAVE, qui feint toujours de dormir.

Une lettre, ah! c'est trop fort!
J'en ai une aussi à remettre!

JACQUELINE.

Le procédé est malhonnête!

JADIS.

Écoute. Écoute un peu ma lettre!

OCTAVE, cherchant dans ses poches.

Mais où diable ai-je pu la mettre?

JADIS, lisant.

« Je n'ose plus regarder la fenêtre
» Où je vous vis pour la première fois,
» Pour échapper au trouble de mon être,
» Je n'ose plus regarder la fenêtre,
» Je suis perdu si je vous aperçois. »

OCTAVE, à part.

Mais c'est ma lettre, c'est ma lettre.
Attends un peu, vieillard trompeur!

Il fait semblant de rêver et continue d'une voix lente.

« Les volets clos et la paupière close,
» Mais votre image, est là dedans mon cœur.
» Est-ce l'amour? Est-ce autre chose? »

JADIS, détournant l'attention de Jacqueline et reprenant sa lecture.

« Les volets clos et la paupière close
» Est-ce l'amour? Je ne sais, j'en ai peur! »

OCTAVE, se levant, avec force.

Je n'en ai plus peur! J'en suis sûr,
J'aime

JADIS.

Allons donc ! Ça a été dur !

JACQUELINE.

Qu'est-ce que cela signifie ?

JADIS.

Tu ne t'en doutes pas, ma mie ?

Lui tendant la lettre.

Lis, la lettre n'est pas finie...

JACQUELINE, lisant.

« Je vais encor déchirer cette lettre
» Ah ! si, du moins, le bouquet que voilà...

OCTAVE.

» A son corsage elle daignait le mettre,
» L'humble bouquet qu'à vos carreaux je jette,
» Timidement, quand vous n'êtes pas là ! »

JACQUELINE, tire les violettes de son corsage et les embrasse.

Chères petites violettes !

JADIS, à Octave montrant le geste de Jacqueline. A tous les deux.

Voici la réponse à la lettre !

Pourquoi baisser les yeux, Octave?
Jacqueline, pourquoi rougir?
A brave garçon, fille brave,
Il n'y a plus qu'à les unir;
Soyez heureux, soyez honnêtes,
Aimez-vous fort, travaillez bien

J'ai quelques vieux écus, qui ne servaient à rien,
Ce sera votre dot, c'est mon bouquet de fête.

Il les a pris par la main et les amène devant le portrait.

Jacqueline, bénis ces petits!
Vois, nos vingt ans dans leurs vingt ans ont refleuri.

OCTAVE, avec effusion.

Monsieur Jadis!

JACQUELINE, avec effusion.

Monsieur Jadis!

JADIS.

Oui!...
Oui, c'est ainsi qu'on me nomme :
Je suis le bonhomme
Jadis;
Un cœur jeune et de vieux habits...
Mais vous le voyez bien qu'en somme,
Ce n'est pas un méchant homme
Que le bonhomme
Jadis.

J'ai passé, et ça me chiffonne,
L'âge où l'on peut croquer la pomme
D'amour...
Que ce beau temps m'a paru court
Que ne puis-je, Dieu me pardonne,
Troquer au nom que l'on me donne
Le joli nom de bonhomme
Toujours!

OCTAVE.

Toujours!

JACQUELINE.

Toujours!

Le rideau descend très lentement. Jadis, Jacqueline et Octave se tiennent par la main.
Le rideau n'est qu'aux trois quarts baissé, il tombe rapidement.

JACQUELINE.

Tra la la, tra la la la la!

OCTAVE.

Tra la la, tra la la la la.

JADIS.

Tra la la, tra la la la la

FIN

IMPRIMERIE CHAIX, RUE BERGÈRE, 20, PARIS.   15004-9 06. — (Encre Lorilleux).